JN069375

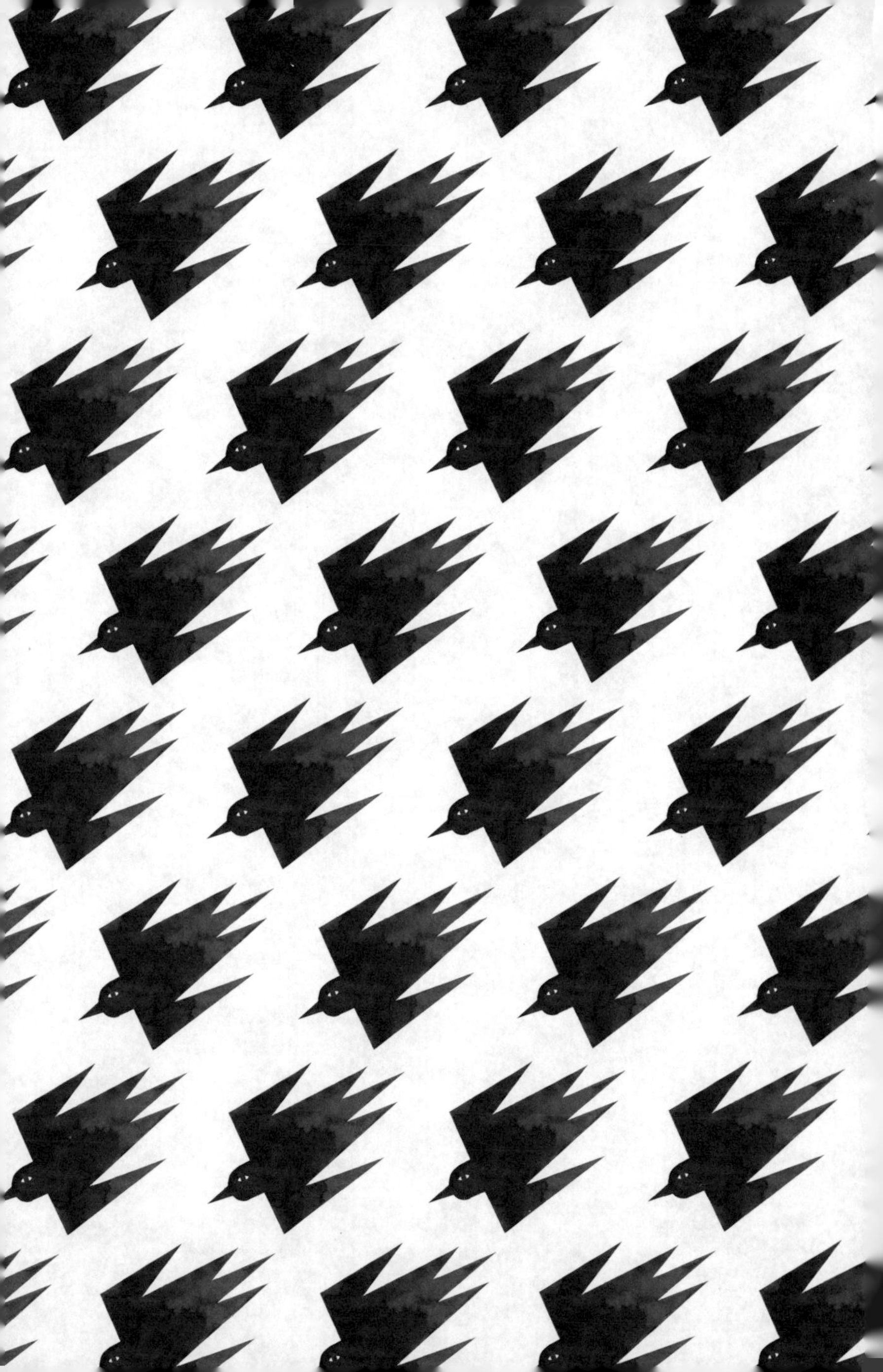

新しい
韓国の
文学

21

This book is published with the support of
Literature Translation Institute of Korea (LTI Korea).

死の自叙伝

金恵順＝著
吉川凪＝訳

目次

死の自叙伝

出勤
一日目

地下鉄の中で　あなたは目を見開き一度眼球を動かした　それが永遠だ
ぎらり　の永遠の拡張
ドアの外に押し出されたようだ　あなたは死ぬらしい
死にながら考える　死にながら聞く
おや　この女　どうしたんだ？　通り過ぎる　人々
あなたは倒れたゴミ　ゴミは見ないふりをするものだ

地下鉄が出てゆくと老いた男が近づく
男はあなたのズボンの中に黒い爪をすっと入れる

しばらく後　バッグを引きはがしてゆく
中学生が二人近づく　ポケットを探る
足で蹴る　写真を撮る
少年たちの携帯電話に入ったあなたの遺影

あなたは死者たちがしたように目の前に広がるパノラマを見る
外に向いていた眼光が　内にある広大な空間に向けて旅立つ
死は外から内に襲いかかるもの　内の宇宙のほうが広い
深い　しばらくするとあなたは内から浮かび出す
彼女があちらに横たわっている　捨てられたズボンのように

あなたが左脚を入れればあなたの右脚が遠く走り去るズボン　縫い目もない服
ファスナーもない服が転がっている　出勤途中の地下道の隅に
哀れだ　一時はあの女を　骨が骨髄を抱くように抱きしめたのに
ブラジャーが胸を抱くように抱いたのに

あの行き交う黒い髪たちがぎゅっと抱きしめた　たった一着の服

あの女の身体から一頭の恐竜が出ようとする
あの女がはっと目を開ける　しかしもう出口はない

あの女は死んだ　夕方の太陽のように消えた
もうあの女のスプーンを捨ててもいい
もうあの女の影をたたんでもいい
もうあの女の靴を脱がせてもいい

あなたはあなたから逃げ出す　影を離れた鳥のように

あなたはもうあの女と暮らす不幸に耐えないことにする

あなたはもうあの女へのノスタルジーなどなくなれと叫んでみる
それでもあなたはあの女の生前の眼光を一度ぎらりと放ち
職場目指して歩き出す　身体なしに

遅刻しないで着けるだろうか　生きないはずの人生に向かって歩く

カレンダー
二日目

白いウサギは死んで赤いウサギになる
死んでも血を流したからだ
しばらくすると赤いウサギは黒いウサギになる
死んでも腐ったからだ
ウサギは死んだから自由自在に大きくも小さくもなる
大きくなると雲のよう　小さくなるとアリみたい
あなたはアリウサギを耳の穴に入れてみる
一匹のアリウサギ　耳の中の広い草原を食いつくしてしまったかと思うと
黒雲より大きな子ウサギを二匹産む
耳鳴りがする　音が全部ぼやける　耳が死んでゆく　ウサギが死んでゆく

死んだウサギは時折　血のついた生理用品に生まれ変わる
あなたは下着の中から死んだウサギを取り出すことがある

死んだウサギを出して毎月壁にかけた

ウサギの耳のように匂う泣き声を壁にかけた

写真
三日目

あなたの人形は元気ですか
あなたの人形は健康ですか

あなたは人形の耳に　秘密だ！　一生誰にも言うな
あなたは人形の目玉をくり抜き　お前も好きだった　そういうことだろ？
あなたは人形の髪を切り　この薄汚い女め　死んでしまえ
あなたは人形を焼き　前世は忘れたな　そうだろ？

あなたが家を出た後に残る　人形
あなたが家を出たらよみがえる　人形

あなたが家を出たら窓を開けて外を見る　人形
あなたが家を出たら外出する　人形
あなたが家を出たら孤児のふりをする　人形

人前ではなぜか食べられないと主張する
死にもしない
からっぽの
瞳にあなたの幽霊を宿したもの

向こうに歩いている人形の　腕のない腕が出たり入ったり
脚のない脚が出たり入ったりする
まるでベッドに両脚を寝かせてきた人のように

脚から紙の束が散らばる

あなたの人形は歩く

あなたの人形は話す

体内に瞳を落とし
首が回転するほど泣いているあの子

あなたが死んだら生き返ってくるかもしれません

いずれにせよあなたはもう人形を立てられない
いずれにせよあなたはもう人形を歩かせられない
いずれにせよあなたはもう人形を笑わせられない

あなたはもう人形と縁が切れた

人形へ　お前はまだ夜ごとベッドに寝かせて眼を閉じさせてくれる人が必要なのよ

あなたが手紙を書く

水に寄りかかります

四日目

あなたは全身を傾けてしがみつきます
これ以上耐えられません　身体をひねって
水の指をつかみ
水の髪で編んだコートを着ます
膝まずいて顔を覆います
一緒に傾くことにします
抱いて倒れることにします

私が飛び降りたら
あなたが飛び降りる番です

釣り糸を投げたら
針をくわえて上がってきて下さい
次は私がやってみます

哀願します

あなたよりも独り言の多い水に
ひどく酔ったら長く伸びて
雨を家まで送り届けてあげます
窓から入ってこようとする水を

寄りかかろうとする
あなたに
もっと寄りかかってくる
水を

白夜
五日目

あなたが返事を送れない所から手紙が来る

あなたがもうそこにいると
あなたがもうあなたを去ったと

あなたのすべてを知っている穴から明るい手紙が来る

死んで何もかも見通せるようになった人の脳のように明るい手紙が来る
あなたが生まれる前みたいに昨日も明日もない広々とした手紙が来る

光で作った馬車の鈴が寂しげな音を立て
光で作ったズボンをはいた少女の笑い声が夜のない世界をノックする

最後の地下鉄が地上に上がり
プラットホームの電車が一斉に電気をつけたまま　黙ってあなたを忘れてくれる

あなたは足がなくて行けないけれど幼なじみたちが先に行っている
あなたの黒い文字で返事すら書けないあの明るい穴から手紙が来る

あなたの子供たちがあなたの前で年を取り
あなたより先に輪廻しに行ってしまった所から

とっても明るい光のインクで書いた手紙が来る

この世に生まれ一度も暗闇を迎えたことのないその場所から
生まれたばかりの赤ん坊が初めて目にしたまばゆい光

とっても大きい手紙が来る

行った後に
六日目

行った後に　行くな　なんて言わないで
来た後に　来るな　なんて言わないで

出てゆく時は眼を閉じさせ手を合わさせて　行くな　行くなと泣いていたのに
ドアを開けて　開けてと言ったら　来るな　来るなと言うの

竹に紙人形をつけて　来るな　来るな
炎に服を投げ入れて　来るな　来るな

だからあなたは足がない

翼もない
なのに飛んでばかりいるじゃない
降りることすらできないのに

隠しても全部見える
脳もないのに全部わかる

すごく寒い
身体もないのに

だから今朝　ベッドの下に隠れたあなたのパジャマが
ひとりですすり泣いてるじゃない

棺に水が溜まってる
あなたはもう棺を去ったの

月の枕にあなたの頭の痕
雲の布団には身体の痕

だから行った後に　行くななんて
来た後に　来るななんて言わないで

チベット
七日目

あなたからあなたの表情が取り去られる夜
あなたからあなたの名前が取り去られる夜
逃げ出すあなたの名前に向かって
あなたは月に吠える犬みたいにうおーんうおーんと鳴く
あなたはもう展けた現在だけがある野原に行く
そうして名もなき地平線と呼ばれるこの疲労！

重さはないのに広大無辺と呼ばれるこの不安！
誰も振り返る者のない樹木限界線の上と呼ばれるこの不幸！
終始表情のない雪男（イエティ）をちらちら見かける雪原という名のこの恐怖！
存在も非存在もない　果てしない青空と呼ばれるこの悲哀！
（宇宙を満たす　この五つ子の姉妹たち！）

うおーん
うおーん
うおーん
うおーん
うおーん

孤児
八日目

神様じゃなくて　あなたが四角形
あなたは死を母と呼んで育つ
死のジュースを飲み　死の粒を数える

あなたは四角形の下人
あなたは四角形の無礼者
あなたは四角形のベルボーイ

四角形の馬一頭　あなたを引きずってゆく

いつまでも身体が四隅に縛り付けられているもの
目を開ければいつも四方に駆けてゆくもの

主は愛　あなたは離別
あなたは離別から生まれ　離別に死ぬ

（あなたはもう顔を水で拭かれて透明になったんだな）
（両手を拭かれて透明になったんだな）
（霊魂の息は肉体へ）（肉体の息は四角形へ）

壁に掛かったテレビでは　八つの乳首を持つ母豚が九番目の子豚の脳髄を食べつくす場面

死ぬ前から孤児である死が誕生する場面

あなたはもう四角形のワンピースがぴったり身についているね

毎日毎日明日
九日目

電話を持って　ここにいない
イヤホンをつけて　ここにいない

死んだ少女はおもちゃの電話を持って
ママに代わってちょうだい　歌を歌ってあげる

ご飯を食べながら　このテーブルにいない
ウジ虫が食い荒らす私の子孫たちの腹部に

今は駄目だけど　日曜の夜なら大丈夫

日曜の夜が来れば　土曜の朝にはほんとうに大丈夫でしょうか

ここにいながら　ここにいない
そこにいながら　そこにいない

顔に入れ墨を入れたらどうでしょう
入れ墨を入れたらここにいるでしょうか

そこを下さい
到着後の到着を

寂しい子は　電話も持ってない子は
空みたいに　雨雲みたいに大きな　死んだ少女の顔は
帆船が服の中をくすぐる時のように
マイクに向かって愛を告白する時のように

霧のように　煙のように　明日そこを
ここではありません　今ではありません

日差しは川に流れるゴミの山をくすぐり
あなたの身体から逃げ出した明日が　あなたを振り返り
そこになくて　ここにあるそこ
ママはお金をかせいで明日帰ります　毎日毎日　明日帰ります

地下鉄を埋め尽くす　電話を鏡のように持った人たちの顔は
朝　蒸発した露のごとく　もうそこに

電話が鳴るそこに
小雨降るアスファルトの地面で跳ねる熱帯魚のごとく　舌はもうそこに

同名異人
十日目

あなたは姉だ　妹を育てる
一緒に朝ご飯を食べ一緒に寝て一緒に笑う
服を着替えさせ身体も洗ってやる
家ではいつも一緒にいる
外出する時は一人だ
その一緒に穴をうがって一本の電話がかかる
妹さんの遺体が海で発見されたのですが
あなたは　あんたの遺体が見つかったんだって　妹に教えてやる
それでも一緒に暮らす　夢も代わりに見てやり　友達もつくってやる
妹の遺体を確認してきても

妹が海に沈む夢を見る
一緒にご飯を食べ一緒に寝て一緒にテレビを見る
あなたは妹と一緒に暮らすのが一番楽だ
海辺に立っていると黒い塊が空から下りてくる

蝶

十一日目

あなたがもう死者であると気づく方法は次のとおり

ガラス窓に息を吹きかけてみる
左の胸に手を当ててみる

誕生とは常に墜落であり
死は常に飛翔だというから
断崖絶壁から身を投げてみる

毎日毎日あなたは紙に向かって墜落？　飛翔？

片足で立った蝶がもう片方の足に赤いインクをつけて紙に手紙を書く

母　まさかあなた、生まれてすぐ笑うの？
あなた　いや、笑えるかどうか試してるの

墜落が始まれば悲鳴の飛翔も始まる
深淵の縁が無限に浮かび上がる
あなたの翼が水面に広がる波紋のように一挙に燃やされて
あなたはもはや自分から解放されたのか！

あなたの足には足跡がないね
あなたの喜びには呼吸がないね
あなたの手紙には名前がないね

あなたは涙の中の塩のように白く
あなたは風の中のあくびのように　あ　あ　あ　あ

あなたは私生活すらない眩暈なのか？
あなたはもう軽過ぎて絶対に墜落不可能な
あの深淵の最上層の波紋に続く波紋でしかない！

月蝕
十二日目

黒く太った　あなたと同じくらい大きい鳥が部屋のドアの前にいた　起き上がってパジャマを脱ぎ　黒い服を着た　連絡が来る気がしていた　あなたは痩せているけれど黒い鳥はふっくらしている　いつか　夢だったのか現実だったのか　窓を叩く音がした　窓を開けても誰もいない　ただ風に揺れる影のように生涯を地面に張りついて暮らしていた何かが立ち上がろうとするのを見た　コンビニエンスストアのドアを開けて入ると足を引っ張られた　暗闇の穴から黒いゲップが上がるみたいに手がすっと上がってきた　誰も知らない　いちばん深い所　底の底行こう　行こう　聞き覚えのある声がする　便器の水の中から　鏡の中から　知らない顔が出てきそうで怖かった　悲しみより恐怖が先に来るのかと思った　電話するだけで来ないつもりなら電話もかけてくるなと叫んだけれど　電話の中から聞いている人の気配がした　いつか月蝕があった時　月蝕の絶頂にたんすの扉がぱっと開いて　誰かが　行こう　行こうと　這い出

てきた　驚いて声を上げると冷静な精気が抱いてくれた　一日中　映画館は壊れたのに　どう
いう訳か映画はずっと上映される野原に立っているような気がしていたが　お父さんは電話を
かけてきて木の棺ではなく石灰岩の擁壁を造ってくれと言った　そうすれば水も入らないし
虫も入らない　よく乾いていいと言った　テーブルの前に座っていたけれど　映画の中から出
てきた人のように　なぜか身体が感じられなかった　かなり派手な音で噛んだり呑み込んだり
したような気もするのに実感はなかった　もう少し何か食べようか　と振り向くと　誰もいな
いテーブルに何もなかった

優しい死体になりたいのですか？
恐ろしい死体になりたいのですか？

幽霊がキスをする絹になりたいのですか？
幽霊が蹴飛ばす布袋になりたいのですか？

毎日毎日が死のイブなのです
雄弁家はどんと机をたたいた

石のスカート
十三日目

1. 指の庭園

あなたは石だ
誰も動かせない
あなたは石のスカートをはいて
廃墟の寺院
石のベッドに横たわった

哀れなあなたの庭園
飴みたいな庭園

あなたの十本の指から伸びたあなたの庭園
石の匂いが充満したあなたの庭園

叫んでやる
哀願してやる
あなたのスカートも顔も全部割れる庭園

遠くにあるから恐ろしい月
黒い空を漂う恐ろしい島
近づけば頬の上に砂利がぽとぽと流れる月

覚えてる？　昔　私たちが月を飼っていたのを
ベッドの上にさっと上がり　私たちの間にもぐりこんでいた月
私たちがその月にひもを通し手首にかけて
散歩に出ると
あなたのスカートがひらひら黄色く燃え上がったのだが

しかし今宵
庭園に垂れ下がった壊れた顔　病気の月
触れば指がぽとぽと流れる月

飴みたいな庭園で　ひとり割れる月

2. 心臓の海辺

あなたの心臓が川岸の小石のように死ぬ
あなたの心臓が川岸の砂のように死ぬ
あなたの呼吸が細い月のように止まる
あなたの背後で　あなたになれなかった日々が泣き叫びながら波打つ

巣

十四日目

眉毛　ウジ虫が二匹雨宿りをしていくね

耳　ちょっと顔をそむけてストローで中身を召し上がれ

微笑　しばらく空中に口臭ひと口
（永遠にここに浮かんでいてもいいですか？）
（見守っていてもいいですか？）

瞳　海のゼリーふた口　とってもしょっぱい

足の爪　種十粒　心をこめて植えてみました

膝　双子の新生児が顔を外に突き出します

（この世にたった一つの身体から追い出されるなんて）

（直立した顔のドアを開けたとたん
夜空の悲鳴が滝のごとく溢れる）

死の縮地法
十五日目

こうなるとわかっていたら　こんな乳房なんか　あのみなしごにでもあげたのに
こうなるとわかっていたら　こんな瞳なんか　あの魚にでもあげたのに
こうなるとわかっていたら　こんな頭なんか　あの薔薇にでもあげたのに

部屋で息がうっと詰まる女
（女の髪が窓枠からなびく）
（舌が鍵穴に挟まる）
（子宮が明るい火を灯す）

女よ　あなたは死んだ

あなたの影に水をやれば墓が咲く
恥の　罪の　侮辱の墓が

女よ　あなたは死んだ
あなたの心臓のドアを開ければ黒い穀物がどっと散らばる
疲労の　憂鬱の　恐怖の血球が

女よ　あなたは死んだ
この人形め
このラバめ
鼻に輪を通した小さな馬め

息が詰まる　唇が開くと内気な骸骨の歯が食堂の椅子のように並ぶ　黄色い肉が固くなると
内気な赤い薔薇たちが青くなる　あの女の薔薇にマスクでもかぶせてやれ　監獄の門を開けれ
ば饐えた匂いのする心臓がぐったりしている　あの女の心臓におむつでも当ててやれ

こうなるとわかっていたなら　こんな心臓なんかぎゅうぎゅう絞って一杯！　差し上げましょうか？

（あなたは与えるものがないくせに　しきりに与えたがる人のよう）

裸体
十六日目

夜はもう来ない。灯も太陽の光もいらなくなるだろう。
——ヨハネ黙示録二十二章五節

あなたの全身をあなたが知らないことまで知りつくした清らかさが到着した
オルガスムに陥った瞳のような清らかさが布団をめくって到着した
夢のような化学記号を持ったあなたの霊魂の居場所に　夢のような化学記号を持った清らかさ
　が到着した
夕食を抜いた夕方の清らかさが到着した

あなたの背中に清らかな鷲にも似た何かが

黒い喉に清らかな足の爪にも似た何かが

消えゆく夕方のあえかな閃光と
昇る朝のあえかな閃光の
どちらかがへこみ　どちらかが突き出て抱き合うように

あなたの喉から銀色の鰐にも似た何かが
あなたの顔から銀色の蚊にも似た何かが

一生涯よく寝て目覚めたら突然海の窓がすべて開いたような何かが

世の中のすべての朝を一度に見るだろう

川岸に入った鮭のように身体の化学成分が変化するだろう

あなたはもう死んだのだから

あなたはもう靴を脱げ
あなたはもう脱いだから影がない
光の束の中から声がした

目を閉じても見え　目を開ければもっと清らかに　抱くことも　殴ることもできない。血を清らかにする　きれいに洗った顔　心と心を突き合わせる　太初(はじめ)からあなたの中に生きていたあの清らかな。蜂蜜の中に　精液の中に　入ったような両手が粘つく未来の白い影。これからも永遠に見ることのできない清らかさが　ねとねとと到着した。

(あなたに捨てられ
あなたから剥がされた)

墓穴
十七日目

丸い腹を抱えて　女が横向きに寝ている
隠すことのできない井戸が
血の中を巡り　ある日噴出した
その水脈を抱え
女が一日中笑った
一生のすべての瞬間がひどくおかしくて
死んだ女は笑って泣いた

釣瓶のついたへその緒に

日光が乗っかって下りると
桶一杯分の涙が上がってきた
高層ビルを掃除する人のように
あなたは自分の身体の外のガラス窓に
しがみついて涙を拭った

あなたはあの世から来たけれど
今あの世を妊娠中だ

分娩台で産まれかけている新生児のように
自分の墓の中に首を突っ込んだ女が
携帯電話の自分の写真をのぞき込む時間

墓地にある緑色の帽子はどれも　笑う顔が入っている

黒い紗の手袋
十八日目

真っ暗な夜　平原に炎が上がる
燃える家は赤い水でこしらえた一輪の薔薇
夜の海に明るい一隻の船
燃えながら天に昇る喪輿（サンヨ）※のようだ
だがあの明るい花の中では
女を殺して死のうとする男が燃えている
朝起きてみると火の消えた家は汚い雑巾の束
あなたを殴って血まみれになった金槌にこびりついた髪の束
男の眉毛の下で震えていた汚いブラックホール
ブラックホールにくっついて揺れていた犬の毛のようだ

汚い灰が唇にくっつく

【喪輿】棺を載せて墓地まで運ぶ輿。

冬の微笑
十九日目

寒い　温かい身体から出たから
まぶしい　暗い身体から出たから
寂しい　影を失ったから

冷たい　植木鉢の土を入れ替える時に出た土のように
明るい　氷の下から魚が見つめる太陽の光のように
熱い　凍った鉄の門の引き手に唇が触れたみたいに
再び寒い　球根のような心臓が半分凍った
また寒い　ゼロをゼロで割り算したみたいに

　　　　ガラスをガラスで割り算したみたいに

それでも
構わない　構わない
もう死んだのだから
あなたがあなたを脱いだ場所で身体から赤い色をすべて抜いたような寒さが訪れた

あの島に行きたい

二十日目

真夜中　あなたは島に向かう
小さなキャリーバッグを引いて旅客船に乗る
午前零時　退屈だ　寝つけない
デッキに出てみる　広大な空と海は真っ黒な鏡だ　波打っている
真っ黒な鏡の中に眠る魚たちを思う
影すら残さない広大な鏡の飽食を思う
あなたはもし明日の朝から太陽が出ない日々が続いたらと仮定してみる
そうしたら私たちは一日二十四時間この真っ黒な鏡の中にいて　そのうちの誰かがこの鏡の水
　をペンにつけて私たちのお話を書くだろうか
どうしてこんなにインクが多いのだろう

不吉な考えを振り払おうとあなたは売店に行く
真っ黒な水の上に浮いた船が悲しげに泣く声を聞いたような気がする
零時を過ぎ　電話を受ける
あなたがいなくて寂しいという電話
これで千回目だ
でも毎回あちらの寂しさがあなたに伝わる
あなたは廊下に出ると受話器に向けて　この国で生まれずいぶん年を取った歌を一曲歌う
予約送信しておく
寂しい人が明日の朝　目を覚ましてすぐ聞けるように
そうしているうち　鏡の水の中に入るようにうとうとする
眠った身体たちの出す音を聞きながら
千回目の同じ場所　同じ姿勢　同じ身体たち　同じ匂い　同じ部屋
鏡の水の中に寂しい人が入ってくる　すすり泣きながら　なでながら　あなたの名前を呼んで
　いるようだ
灯台の明かりが暗くなり目が覚める
朝食を食べろという放送が聞こえたからだ

この放送があなたのモーニングコール
同じメニュー　同じテーブル　同じ大根キムチ　同じ味　同じ騒音　同じ気分
窓の外を見る　快晴の海　空　よかった
もうすぐ到着だ
日は高く波は穏やか　もう顔を洗い　荷物をまとめれば下船だ
そして暗転
千日目もあの島に着けない
あなたはまだあの島に到着できない
もうすぐ下船だと思った瞬間
あなたはまた真夜中　小さなキャリーバッグを引いて旅客船に乗る
出航する船の汽笛に胸が高鳴る
再び午前零時　退屈だ　寝つけない
デッキに出てみる
広大な空と海は真っ黒な鏡だ

匂い

二十一日目

バッタとトンボと蚊とコガネムシが姿を消す
空がこっそり天に逃げ出す
丘が低く匍匐しながら逃げる
蛙が墓穴に逃げる
電話が鳴る
電話より暗黒を先に受け取る
受話器で闇がすすり泣く
逃げ出す風の音
大粒の雨
震える声

シャワーから夜が出る
滴る夜に手を差し出すと
腐った鳥たちの黒い血

死なずして耐えられぬこの匂いの治世
死なずして耐えられぬこの光景の病

死んだ人が机の前に座り紙をくしゃくしゃにする

北極の人たちが　寒い冬の晩
白熊の毛皮に包んで地面に埋めてあった鳥をかじる
自分の頭のように匂う赤い鳥たちを

ソウル、死者の書
二十二日目

あなたは聞け　雪に覆われた北の山の声を聞け
あなたの体内のろうそくは消えた

出てゆけ
別れの点滴が初めてあなたを刺した瞬間
あなたの感覚でつくられ　あなたの身体を覆っていたあの空が晴れた
空のアキレス腱が切れた

あなたの身体はもはや眠りの上に浮かんだ霧
あなたの顔はあなたの身体の上に浮いた雲

あなたの思考は石綿で焼かれる肉の煙
あなたの苦痛は一人分の息があなたから逃げ出す悲鳴

あなたは聞け　ちゃんと聞け　雪に覆われた険しい山の声を聞け
振り返るな　振り返れば悪夢に落ちる石になる
泣くな　涙を流せば昏睡状態に陥った市民の
褥瘡（じょくそう）に生まれ変わる
遥か遠くの鼓膜に響く私の言葉をしっかり聞くのだ
誰もあなたを恋しがらないから
思い切り飛んでゆけ
光が来たら光に目を与えよ
風が来たら風に耳を与えよ

すべて与えてもあなたが残っていたら　私の言うことを聞け

長い髪に結んだリボンのように

あなたの家が風になびく　早く出てゆけ
あなたの身体に他人のろうそくが灯される前に

空気不足
二十三日目

あながうっかりあなたを手放すと
あなたは糸くずより小さくなった
小さすぎて誰にも見えなくなり
他人のうなじにくっついても
気づかれなかった

あながうっかりあなたを手放すと
あなたはあの空と同じくらい大きくなった
大きすぎてあなたも自分だとわからなかった
雲みたいに垂れても

水滴ごとに瞳をぶら下げても
気づかなかった

故郷を遠く離れ　身体を持たずに生きている光景！
おぼろげな副詞が独りぼっちで死後を漂う光景！

だれ？　だあれ？　息詰まる霧みたいな肉体を下ろし
糸くずみたいなお寺が一つ　風に漂っていた
つかもうとしたけれどあなたの手が大きすぎてつかめなかった

雨を呼ぶ台風の目の真ん中
お寺の灯一つ　かすかに
なびいていた

剖検
二十四日目

お姉さんが泣く　お兄さんが泣く
順序ってものがあるのに　どうしてお前が先に逝くんだ?

あなたの部屋には焼酎二本　睡眠薬ひと箱
喉が痛くて睡眠薬が呑めないんです※
だから眠れません
お酒を飲んだらお母さんを　お姉さんを　お兄さんを殴ります
睡眠薬を呑んでも
痛い痛い痛い
復讐復讐復讐

眠っていても眼球が動きます
布団の中には緑色の服で銃剣を持った兵士の行列
陰部の中には血走った瞳がいくつも転がり
折れた腕のギプスの中には兵士の叫び声が生きています

あんなに殴ったのに
あんなに突き刺したのに

あの人たちが泣いている　お母さんが　お姉さんが　妹が　子供が泣いている

夢から覚めてベッドを出ても
突然部屋から聞こえる　お母さん　お姉さん　妹の泣き声

死んだんですって　あたしが

【喉が痛くて睡眠薬が呑めないんです】チョ・ヨンボム「五・一八民主化運動被害者に対する心理学的剖検および自殺被害予防対策と社会的支援法案についての研究」による。（原注）

日々
二十五日目

どこに行くの
裸の天使よ
日々の日々よ
蝿にも劣る羽をつけて

蝿の薄青い羽は
うちの肥桶から来て
肥桶に帰るそうだ

どこに行くの

悪臭漂う天使
羽を奪われた幻影よ
あなたの指から漂う不潔な匂い
独居老人の匂い
朝になればあなたの瞳の中に汚い花が咲く！
黒い瞳を貫いて
気味悪い雌蕊と雄蕊が生えてくる！

夕方には救急車の中で
死亡死亡死亡
あなたの行く道がすっかり見えるけれど
私の知らないことが一つ
あなたはどこに行くの？
冷めた風呂水に漂う毛にも劣る羽を脇につけて
どこに行くの？

私の冬の日々が　私の春の日々が
あなたを引き出しにしまっているうちに過ぎてしまったのに
自分の身体の引き出しを全部開けて
あなたはほんとうにどこに行くの？
一歩二歩　血が混じったピンク色の水を踏んでいたけれど
ようやく刃（やいば）の下に入るの？
この世には５Ｗ１Ｈ　正六面体　直方体
内房（アンパン）　越房（コンノンパン）※　木棺　ステンレスの棺　黄金の棺

不潔な日々よ
どの時間も鞭の時間
光で塗りつぶした世の中を
あなたが再び黒く塗りなおしているうちにすべて過ぎた！
それなのにどこに行くの？
背中に差し押さえの赤い紙を貼って

裸の天使
出来の悪い幽霊よ
この懐かしい裏切り者よ！
失明した鳥は空にぶつかって死ぬ！

【内房　越房】韓国の伝統家屋において内房は主婦の寝起きする部屋で、越房は板の間を間に置いて内房と向かい合う部屋。

死の母
二十六日目

母は知らないけれどあなたはすべて知っている
母の胸の片隅に小さな黒い点が一つ頭をもたげかけていること
それが歌になること　すてきな独唱が必死に死を探し歩くこと
更けゆく秋の夜のように高雅な歌

死んだ人たちの果てしない歓迎の挨拶　内面なんてどれもそんなもの
流れる歌の上を　唾を吐きながら飛ぶ一羽の鳥
母の虹彩が土の中で孵化し　そこから生まれた虹彩たちが地中の星みたいに漂うこと
あなたはすべて知っている　あなたは母の死だから

母は知らないけれどあなたはすべて知っている
母の髪の上に家を建てた一羽のカラス
針のない柱時計のように立っている母の胎内でチクタクと時を刻みながら永遠に来世を待つ
逆さになった赤ん坊たち　母の鼓膜を食べようと待っている
耳の中の黒ヤギたち　母の足の甲の上ではばたく死んだ二羽の鳥の
翼の付け根　その腐敗臭　あなたはすべて知っている　母の胎内を追われた
あなたはすべて知っている　温かい身体からすっと取り出され北極に追われる渡り鳥の
貧しい両足のように凍えた裸の黒い空　飛んでみたところで所詮は墓の中
あなたはすべて知っている　あなたは死の母だから

ア・エ・イ・オ・ウ

二十七日目

母方の祖母は食器を洗い　狂ったあなたは朝食を食べた
食べる途中　相変わらず狂って砂糖の壺を板の間に放り投げた
星の粉みたいにこぼれて床にべたつく白い砂糖
その時　台所からかすかに変な音がした
狂ったあなたは祖母が突然死んだとすぐにわかった
妙なことにわかった　その瞬間あなたから〈狂った〉が取れたのもわかった
〈狂った〉がノロジカの子の黒い糞のように転がるのを見た
祖母を砂糖の上に横たえた
一一九番に電話しかけてふと目に留まる　床についたあなたの足指の跡
雪みたいに積もった砂糖の上に　丸い跡が四つ五つ

雪の上で銃に打たれて死んだノロジカばあさんと
その周囲をぐるぐる回るノロジカの子を取り囲んだ
足指の痕跡　ア・エ・イ・オ・ウ　発音された五つの母音

既に
二十八日目

あなたは既に死の中に生まれています
（エコー四十九回）

夕食メニュー
二十九日目

母の米びつには米がなく
母の財布には金がなく
母の台所には火がない

今日　母の料理は頭のソテー
昨日　母の料理は太もも蒸し
明日　母の料理は指の甘酢あんかけ

台所ではまな板にぶつかる包丁
台所ではスープを煮出す骨

台所では揚げた太もも

母の米びつには母
母の財布には母
母の台所には母
母の包丁の下には母

あなたの母はあなたが幼かった頃の　あの川岸
あなたの母はあなたが幼かった頃の　あの寂しい細道

川岸を過ぎ　あの細道　あなた一人で遠くへ行こうとしていたら

うちの娘が帰ってきたんだね　力のない声
早くお入り　部屋の戸が開けば
何もないかまど　漂う冷気

あなたの母の台所には
腹をすかせたあなたのぺちゃんこの腹
錆びたフライパンみたいに
黒い壁にかかっているけれど
あなたは今晩そのフライパンで
母の両手を揚げるつもりだ

贈り物
三十日目

あなたが自分に産んであげられるのはただ一つ　あなたの死
おいしく育ててまるまると産んであげなければ
あなたが自分に返してあげられるのはただ一つ　あなたの死
生涯母の乳のように飲んだもの　乳離れして返してあげなければならないもの
あなたがあなたに捧げるものはただ一つ　あなたの死
傷まないように保存して　新鮮なうちにあげなければ
あなたが自分に脱いであげられるのはただ一つ　あなたの死

自分の身体を裂けば　やがて羽ばたく黒い最初の翼
だけどあなたは自分の死と別れるのが一番つらいだろう
あなたが自分に結局返さなければならないもの　あなたの死

しゃっくり
三十一日目

あなたの身体にいた沈黙の継娘が低く歌い始める
吃音も歌う時には出ないように
歌からいきなり子音だけ抽出したみたいに
しゃっくりが一度出たらまた続いて出るように
倒れためまいが住んでいる身体の奥深く
階段を降りてゆこうと

手すりをヒックヒック

継母は死んだ　もう死んだ

継娘が土の中に伏せて歌う　小さく歌う

生涯地下に閉じ込めていた
沈黙の継娘があなたを引っ張る
生涯あなたの脚の間の奥深く隠していた沈黙が
息絶えてようやく見える世界が
あなたを引きずり下ろしながら　土の中に来いと言いながら　地下水のように痙攣する
振動しながら掘り進む

継母は死んだ
前の夫に私をやった継母は死んだ
自分の愛人に私をやった継母は死んだ
誰も歌ったことのない　いちばん低い音

明かりの下で手を開いてごらん
あなたを眺める小石みたいな瞳
世界より重い小石二つ
あなたを沈める黒い小石を水流が覆う

次はあなたの番　あなたが歌う番
（あたしがどんなに苦労してあなたを育てたと思ってるの）
（どんなに苦労してお前を隠したと思ってるの）

継母は死んだ　もう死んだ
まぶしい狂女の澄んだ沈黙が
家を持ち上げる
家を放り出す
地下水が地面の上に湧き上がる

しゃっくりが収まれば　地平線がファスナーを上げる

嘘
三十二日目

ボタンを押せば冬だと。誰も暮らせない冬だと。どんなに静かなことかと。どんなに清潔なことかと。空から見下ろせば壊れたガラス窓が宝石のように輝くはずだと。車輪のないバスが停留所にぎっしり止まっている光景を想像してみろと。星が死に月が死ぬのだと。白い雪の上に倒れた白い鶏たち。崩れた鶏舎。朝になっても誰も目覚めない街を想像してみろと。ボタンを押しさえすればいいのだと。刺繡針を布に刺すより簡単だと。悲鳴を上げる暇もないと。もうバスの切符は捨ててもいいと。その古いリュックは必要ないと。もうこれ以上別れはないと。別れと別れるのだと。白い灰だけがほとばしるのだと。ボタンを押しさえすれば倒れた人の上に倒れた木、倒れた涙の上に倒れた風、倒れたビルの上に倒れた水が溢れるのだと。ボタンを押しさえすれば死んだ人の息のようにあなたのその汚らしい秘密が永遠に埋もれるのだと。公平なのだと。その時になって笑ったりするなと。孤独な者の孤独はもう消えるのだと。だから孤独な者だけがボタンを押すのだと。この世で一番孤独な者だけ、それがどれほど幸いなことか、だからさっさとそのボタンを押せと。言った。

死はこの世でたった一つの嘘！

カラスの羽は桃色！　川の水も桃色！

フォルマリンの川辺で
三十三日目

ビーカーの中の脳はまだ生きている
詩を書いているらしい
ぼやけたイメージにどぶんと飛び込んでいる
母の実家のドアを風のように開けている
死んだ祖母の懐に飛び込もうとする刹那

存在しない目がぱっと開くと
消えた体のどこかの生まれ変わりの
黒い棒が頭を殴りつける

ビーカーの脳は痛い

あなたはあなたの外にいる人
外が痛い人

消えた足指が痛い
散らかった部屋が痛い　心臓が痛い

ビーカーの脳が十本の指で全身を掻いている
内出血するほど

ビーカーの脳は出てゆく
地下鉄に乗って　バスに乗って　タクシーに乗って
ビーカーを出てゆく
連続殺人犯のビニール袋に入った頭みたいに
ゆらゆら出てゆく

話したいのに　すべて話したいのに
口は閉ざされ
手は震え
靴はどこに行ったのだ

ビーカーの中に青黒い夜の根っこが下りてゆく
実験室の人たちまで出てゆき
ビーカーの脳はつぶやく
私の中の真っ白な怪物
青いパジャマを着ているな

あなたは水のように透明で
触った感じも柔らかい
でも毒蛇の青い針みたいに致命的だ

ビーカーの脳は傍観者の脳　生き残った者の脳
ビーカーに入った脳はいつも　頭を壁に打ちつけて泣きたい
フォルマリンの川に浸かった脳が揺れ動く

この詩みたいに漠然としたもの
この詩みたいに曖昧なもの
この詩みたいに消毒されたもの

ビーカーの脳はフォルマリンの帽子をかぶって　つくづく考える

外はどうしていつも痛いのだろう

存在しない両足はどうして痛いのだろう
両方の足の裏を支えた川底はなぜ崩れるのだ

全身に火をつけた人が橋の欄干に立っている

ビーカーの脳が叫ぶ
ビーカーの脳が狂う

どうすればいいのだと

どうすれば忘れられるのだと

うじゃうじゃ死
三十四日目

あなたの上で
あなたの足元で
あなたの傍らで
あなたの下で
あなたの隣で
あなたの向こうで
あなたの背後で
あなたの中で

誰かがカミソリで夜をひっかいていると言うべきだろうか

ひっかいた所は夜がちょっと明るむと言うべきだろうか
あなたが泣いていると言うべきだろうか
あなたがむずかる幼い死たちに乳をくわえさせると言うべきだろうか

ちっとも眠れないと言うべきだろうか
私たちは会ったばかりだと言うべきだろうか

壁に頭をどんどんぶつけていると
悲鳴が水晶のようにこみ上げると
透明で固い水晶がもう喉まで上がってきたと言うべきだろうか

埋葬

三十五日目

細い雨をさっと束ねて濡れたリボンを作り　あなたの乳首に挿す風が来た
ゆらゆらと筧(かけひ)を伝い落ちる　くすぐったい黄色い小便　黄色い雲が来た
あなたの中から取り出した女の子が一人　軒下で泣いている
幼くして死んだ　あなたより小さい姉が下腹をつねる細い爪
緑の爪をぽきぽき折る鬼神よ　私より一足先に来た春よ

遊ぼう　私と遊ぼう　細くよじれる小指たち
涙ぐんだ瞳から突き出る　とがった新芽たち
ちらちらしながら脱げて空中を飛び回る姉の下着の匂い
その下着　あなたの鼻孔に下りれば　腐った墓　パンツの匂い
肋骨を煮出した粗末な汁　上下する体内　その骨はあなたを乗せて運ぶ棺
誰かがあなたの棺を下ろす　あの深い穴　かげろう　ヒバリ　誰かがあなたの棺を下ろす
あの黒い肌の木が　幼い姉のスカートをめくりかけたまま　酒をひと口飲む音
さっさと行け　何をしている　毎朝　あなたの頬をたたいて問う　あの空　あの真っ青な血管

細い指　生まれる前に白い喪服を着た　桃色の頬を破裂させるあの梅の花の風

麦の穂青む畑をくねくね通る　黒いキャデラックの霊柩車の轍

下腹から喪輿の花を捧げるあの山が　伸びをする　あくびをする

嘴に血のついた鳥のようにさえずるあの花たち　血まみれの歯を吐く　何度も何度も

否定(アニム)三十六日目

山から下りてきた
否定(アニム)と一緒に暮らすということ
あなたをつくった人と一緒に寝るということ
あなたを食べさせ育ててやったからと言って
自分のつくった世の中を丸裸にした
人と同じ食卓につくということ
皿を洗う母の背を殴りつけ
母の脳内地図をくしゃくしゃにし　ドアの外の世界を
閉じて鍵を捨てた人と一緒に暮らすということ
食べたら食べたなりの働きをしろと怒鳴る

否定と共に眠りにつくということ

私は自分一人で生まれたの
あんたなんか関係ない
あなたは内心いつも叫んでみるけれど
妹はその人の前でご飯も食べられなかった
吐いては泣きながら音楽の波のことばかり思っていた
その波の裾で身体を包み
失語症にかかってハリネズミみたいに
ベッドをじたばた跳ね回った

否定におかれましては否定をなさらず　否定に　しないで　なさらないから　否定ではないので
否定をせずに　しないで　しないそうだ
否定ではない否定は　否定ではないのであるから　否定が否定の否定であり
そうではない否定は　否定ではないのであるから　否定が否定をしない否定であり

そうではない否定は　否定ではないのであるから　否定が否定を否定として　そうではない否定であり
否定に否定し　否定ではない否定は　否定ではないのであるから　否定ではない否定であり
そうではないようにしなかった否定は　否定ではないのであるから　否定ではないように　否定を否定しない　しないことであり
否定ではない否定は　否定ではないのであるから　否定が否定をしない否定であり
そうではないようにしない否定は　否定ではないから　否定が否定の否定だから　否定をしない否定であり
否定をしないから否定をしなかった否定は　否定ではないのであるから　否定が否定の否定なので
否定をせず　否定をせず　しないから　否定として否定をしないから　ではなく　そうではない否定をしない否定には　否定にとって否定ではないのであるから
せずに　するな　否定において　否定の否定が否定であるのだから　そうではない否定に　しなかった否定を　否定のようにはしなかったのである

否定と共に暮らすということ

息子の名で祈りを終えなければならないという
法をつくった人と共に暮らすということ
ワニのような目つきで
むしろ蛇みたいな奴に気をつけろと
頬をひっぱたく否定と生涯を共にするということ
いつもあなたに　脱いだりして
恥ずかしくないのかと
問う　素っ裸の光と共に暮らすということ

子守唄
三十七日目

母は死んだ子を抱いてあやした
子守唄を歌った
こんな歌だ
ねんねんころりよ　おころりよ　さっさと死んで楽になろうね　泣くのはおやめ
母は部屋の真ん中を掘って子供を埋めた

天井にも埋めた　壁にも埋めた　瞳にも埋めた
母の名は誰も知らないけれど　子供の名前は知っていた

カッコウの巣に舞い降りたカラス

三十八日目

天にましますあなたの父。もってのほかのお父様。この子をくれと言うんですね。天深く潜んでいた雪がひとひらふたひらこっそり降る夜ミイラが自分の包帯をほどくように包帯をすべてほどいたら誰でもひとりぼっちの裸の子供。この子の血を柱に塗るんですか。家が泣きます。家が震えます。天にましますあなたの父。もってのほかのお父様。この子。この子。（あなたは書く。誘拐犯のように。この子この子この子）

つらら眼鏡
三十九日目

死があなたに与えたもの
あなたの顔が漏れる
あなたの顔が流れ落ちる

あなたの顔は鼻の墓
あなたの顔は耳の墓
あなたの顔はあなたの顔の墓
防ぎようもなく顔がまた流れ落ちる
あなたの顔では零下が育って死ぬ

（あなたは生まれた瞬間から床下だった）

両目にくっつく空気は刃先のように冷たく
胸にくっつく風は熱い掌のようにじいんとする

会いたいと叫びたいけれど
床の下にはまた床がある

独唱したくてもあなたは合唱団の団員だ
あなたの声を聞き分ける耳がこの世にはない

幽霊たちの持病である　この恋わずらい！
早暁のように毎日明ける　この恋わずらい！

あなたは床に眼玉をぶら下げて哀願する
入れてくれと

私の顔にあなたの顔を重ねるのだと
私の舌があなたの舌だと
あなたが私の涙を流すのだと

水がたらたら漏れる
幻覚を見る
狂う

これほどまでに痛い幻覚

四十日目

あなたは聞け　私の話をよく聞け
これからあなたは自分の眼鏡の中の世界が見えるようになる

自分の中の水が話す言葉がわかるようになる
自分の中の火が話す言葉がわかるようになる

目が三つある自分を見ることになる
自分の憤怒を他人のように見ることになる
目が四つある自分を見ることになる
自分の不安を他人のように見ることになる

頭が八つある自分を見ることになる
自分の恐怖を他人のように見ることになる
あなたは自分の中の犬たちを見ることになる
あなたは自分の中の豚たちを見ることになる

あなたは三角形になった自分を見ることになる
あなたは四角形になった自分を見ることになる

自分の声たちが蒸発しないで集まって暮らす連続模様がつくようになる

あなたは聞け　怖がらないで聞け
インフルエンザみたいにあなたが猛威を振るう夜だ
眠りの井戸の底で白い喪服があなたを産む夜だ
あなたの穴から百番目　百一番目のあなたが咲き出す夜だ
死が腹をすかせて何度も何度も何度もあえぐ夜だ
あなたの身体の穴たちが引っ越し荷物をまとめる夜だ

一生の間にあなたの中で死んだあなたがすべて目覚める夜だ
眠りの井戸の底からカタツムリたちが　翼の取れたコウモリたちが
顔のない　脳のない身体たちが　ぬるぬる目覚める夜だ
昨日死んだあなたと一昨日死んだあなたが縄跳びをする夜だ
一度跳ねるたび床に落ちる死んだキリン　死んだ龍　死んだ雌鶏

あなたは見ろ　怖がらないで　よく見ろ

青い羽毛
四十一日目

二十八人のヨーギニーが汝(なんじ)の脳の中から出て汝を迎えるであろう。
彼女らの頭はさまざまな動物の形をしておりさまざまな道具を持っている。

――『チベット死者の書』

1

この世は私の死だから左手と右手を合わせて横たわる
横たわれば浮かぶ　後頭部を天に向けたまま
あなたの脊椎がペンのように細くなる
伏せたペンみたいに細い身体に毛布をかける

あなたは自分の影が紙に突き刺さる鶏の形であるのを見る
脊椎はペンで影は鶏なのに　霊魂はどうして人なのだ
詩人は息が止まる時　汚い紙を見るというのはほんとうだろうか

2

天に届きそうに大きくて青い鶏が鳴いていたのに
家に戻ってみると枕元に青い紙の束がくしゃくしゃになっていなかったか
大陸を呑み込みそうな勢いで咆哮する虎が襲ったのに
母を失った縞模様の蛾が　部屋のドアの前で泣いていなかったか
可聴域の外に舞い上がり　つむじ風のように空を殴ったのに
ドアの前でコガネムシが回っていなかったか

3

あなたが横たわった墓の天井は水銀の鏡ではなかったか

起きて座ることもできないほど低くなかったか
息がこもっていなかったか
魅力的な胸が天井に押さえられていなかったか

4

あなたの頭蓋骨の中の幽霊がやかんのように水を流しているね
側頭葉が活性化して　あなたの眉が青い鶏の眉毛のように震えているね

ある声が電気のようにあなたの髪を焦がす
ある声が棒のようにあなたの考えを殴る

その声は人間ではない奇異なもの
あなたの両耳に止まってコッコと鳴くもの
あなたの皮膚の中を飛び回るもの
個体でも液体でも気体でもないもの
あなたが開け閉めできない野蛮のもの

（あなたはまだ母の胎内から響いてくる音で肝臓を形成する胎児だとでもいうのか？）

5

飛んでいった青い鶏が自分の体内に卵を産む
青い鶏は耐えられない耐えられないと鳴く

青い鶏の額は高くくちばしは長いので青い鶏の頭が胸に埋もれる
青い鶏は耐えられない耐えられないと鳴く

青い鶏は陸に上がった魚が進化する歳月を耐えているらしい

生物の最終的進化は足が消えること
永遠に歩かなくてもよくなること
食べなくても眠らなくてもいいこと

あなたの後頭部の巨大な穴の中で青い鶏が鳴く
あなたの左の瞼の内側で青い空が開く
しかし青い鶏の小さな足は本のページごとに埋もれ
ページをめくるたび　ぱたぱた立ち上がる巨大な翼！

つまりここはあの青い空の足のない死体なのか
つまりここはあなたの呼吸の青い永遠の停止なのか

青い空のように大きく青い鶏
耐えられない。耐えられない！

名前
四十二日

死んだ恋人が会おうと言う　カフェで会おう　トイレで会おう　病院で会おう　外国で会おう
あれもこれもだめならベッドで会おうと言う　ちょっとでいい　避けたって無駄だ　窓の外に
出てこい　ちょっとでいいと言う　顔を見るだけだと

死んだ恋人が　なぜ来たのか　まだ会うべき時ではないと言う　来たのだから横にでもなれと
言う　横になったのだから眠れと言う　眠ったのだから出てゆけと言う　靴ぐらいちゃんと履
いていけと言う　そんなに大声を出すほどのことではないと言う　そんなふうに転んだりする
ことはないと言う　膝をすりむくほどのことはないと言う

死んだ恋人があなたの所に来る　ドアを開けないのに来る　カバンを持っていないのに来る

靴を履いていないのに来る　咳をしていないのに来る　生きているならこんなにしょっちゅう来ることはできないはずだ　約束していないのに来る　服を着ていないのに来る　地面に埋められたのに来る

死んだ恋人でいっぱいになった海中を歩いてゆく　恋人でいっぱいになって渦巻く海中を歩く　息もできず　息を止めることもできない海中を　台風の襲う海中を　雨が降る海中を歩く　海の天井　海の床　海の壁　海の窓　大きく揺れる青い色の中　ぜいぜい言いながら歩く　顔を向ける所ごとに恋人だらけの海中を歩く　海の外からは見えないけれど海底数百メートルで鯨が二頭　血を流して戦っている

死んだ恋人がお茶を飲もうと言う　ご飯を食べよう　一緒に顔を洗おう　一緒に遊ぼう　一緒に夢の中に遊びに行こうと言う　だんだんしつこくなってくる　どうしたら別れられるのか考えていると　恋人が両目を塞いでいた手を離し　名前は何だと聞く　僕たちは会ったことがあるかと聞く

四十三日目

顔

音の消えた世界　触れられない平らな世界　一つの死が明ければ一つの固い鏡に変わる世界
遥かな光明の世界　鏡は内面が死んだ人の顔のように万物を映し出す　鏡に一人の女の姿がに
じむ　あなたはもう指のない二つの足になった　あなたはもう指のない二つの手になった　目
鼻口もない顔になった　あの遠くて近い内部　髪の中の森　石ころの月に光が入り　靴の中に
海が波打つ　あなたの袖の中に鳥が飛び　ズボンの中で馬がいななく　輪郭の白くぼやける女
が　丸い鏡の中に閉じ込められる女が　舌が口の中で溶ける女が　冷えきった鏡の滑らかな縁
ですすり泣く　満月が沈む　女の瞳の中で鏡がぎらぎらぬめるたびに重く透明なものが女の顔
を踏む　見えるけれど入ることはできない固い標本の世界　スクリーンのように白いけれど鈍
重な握りこぶしの世界を　女のかすかな両腕がまだ掻き回しているのだろうか

人形
四十四日目

ある人形が　別の人形が燃やされるのを見ているが
川の向こう岸から見て　近づいてまた見ているが
まず頭皮が燃えるのを見ているが

誰かが人を一人連れていって
この薪の上にその人の人形を置いたのだろうか
今日だけちょっと寝かせて下さいと言ったきり永遠に起きない客のように
身体が燃え尽きるまでその人は戻らない

誰かが遥か昔　あなたの母の乳をスプーンですくって飲んだというのか

誰かがあなたを盗んで　あなたの人形を乳母車に乗せたというのか
素性もわからない骨を育てて学校に通わせたとでもいうのか

バラナシ※の野外火葬場の横で写した写真を覗き込むと
人形か　人か　あなたか　私か　涙か　汗か
黄色い布団に覆われ　担架の上に潰れているもの

【バラナシ】インドのガンジス川沿いにある都市。ヒンドゥー教の聖地とされる。

黄泉(よみ)四十五日目

顔のない亡者たちが
重症患者室のドアが開けば心臓や小便の入った袋を持って
走り出てくる患者のように
黄泉の道をいっせいに走ってゆく亡者たちが
来た道を振り返って追憶と目が合えば石の柱になる亡者たちが

袋の中から外を見る　眼窩に塩水を湛えた亡者たちが
涙で骨が溶けて水の柱になる亡者たちが
あなたより先に　永遠に出ていった亡者たちが
大網膜をすっぽりかぶってもう一度生まれる番だと
母国語を再び習わなければいけない時だと
眠りから覚めてもあなたがいない　朝食を食べてもあなたがいないと
教室のドアが開けば書き取りのノートや上履きの袋を持ってどっと出てくる小学一年生のように

いっせいに山のふもとに押し流される時

ヘリコプターが一機　一千人の死者の名を刻んだ四トンの青銅の鐘を長いひもに吊るし
高い山を越えてゆきます　深い山奥の寺に　その鐘を吊るそうと

窒息

四十六日目

したがって息
すると息
その次には息
続いて息
だから息
そんなふうに息
そして息
そのまま息
そうしているうちに息
だから息

常に息
やがて息
いつでも息
ところが息
しかし息
それゆえ息
それにもかかわらず息
ついに息

死は息をして　あなたは夢を見たけれど
もう死から人工呼吸器をはずす時間
もう夢を壊す金槌が必要な時間

心臓の流刑
四十七日目

誰があなたの体内から水をくみ上げるのか
誰があなたの体内でセックスをしているのか

窓の外で男と女の靴が
ぽとぽと落ちる

（あなたは知ってた？
私たちがすすり泣く声で団結した存在だって）

誰があなたの中でオルガンを弾いているのか
誰があなたの中の泥の中でわなわなと震えているのか
誰があなたの中の地層の下でげほげほと水を吐いているのか

（数世紀の屋根を音もなく歩いていた女が
妊娠した腹を抱え
休憩するテラス
涙で作ったレンズがガラス窓をなでている）

月の仮面
四十八日目

あなたはもう顔をすべて脱いだ
白く丸い月が東から昇る
東西南北　一千の川に一千の仮面が浮かぶ

なりません
四十九日目

空中に漂う温かい息一つが　あなたを恋しがってはなりません
あなたより先に輪廻の途についた　あなたの子供の頃の唇にそっと触れる風が　あなたを恋し
がってはなりません
果てしない青空に漂う　病気で死んだあの冬のあの女の氷の心臓に
細い針がいっぱい刺さり　あなたを恋しがってはなりません
落ちた葉っぱが凍った川面に指紋をいっぱいつけ
百階　二百階の建物が一挙に崩れ

眼鏡は眼鏡どうし　靴は靴どうし　唇は唇どうし
眉は眉どうし　足跡は足跡どうし　巨大な引き出しの中に吹き入れられて　あなたを　恋しがってはなりません
川の水が八十センチの厚さに凍り　その上を戦車が通り　その氷の下で魚たちが　あなたを恋しがってはなりません
煙草屋の前で十四年間電柱につながれた犬が　あなたを恋しがってはなりません
巨大な風が　狂死した女数千人を連れて飛んでゆくけれど
あなたの一生の〈あなた〉たちが笑い転げる声　溢れ出る髪
冬景色全体が泣きじゃくりながら鞭を振るって　あなたを恋しがってはなりません

数千　数万　数億ひらの雪が降りながら　あなたを恋しがってはなりません
世界中に降り　泣きじゃくり　ざわざわしながら　雪に埋もれた雪だるまみたいなあなたの身体を　探してはなりません　きれいに折った手紙を開くように　愛してるだの何だのと　あなたを恋しがってはなりません
あなたはあなたではなく　私こそがあなただと　あなたを恋しがってはなりません
四十九日間　進まなかったペンを持って書きながら　書きながら　あなたを恋しがってはなりません

リズムの顔（『翼の幻想痛』より）

リズムの顔

死んだほうがましだと思っても
突然苦痛が終わると心細いのです
死んだほうがましだと思っても
突然苦痛が終わると苦痛が思い出せないのです
死んだほうがましだと思っても
突然苦痛が終わると死にたくなります

死もこれより深く私の中に入ることはできないから

*

順番に閉じてゆく瞼たちの住むぬかるみがあったが
瞼たちが泥水にくっついて震えていたが
閉じた羽を開こうとする蛾のように震えていたが
瞼の下のさまざまな身体があえいでいたが
遠くから夕立雲が近づいていたが
泥の中で舌足らずの話し声がしていたが

*

ねえ　白い星が降る真昼の空をごらん
星ごとに発する遭難信号をお聞き
近づけば巨大な岩である物が
耳をつんざく悲鳴を上げて
私に　私に向かって落ちてくる
ねえ　一千の　一万の日差しが照りつけ
こっそりまたたく白い星たちの世界

ねえ　聞こえない?　私の苦痛の遭難信号

*

私は二つに割れても生きている
私は五つになっても生きている
私は粉になっても生きている

リズムに合わせて私になり　また私ではなくなり

積もった粉がぱふぱふ息をする
口の端が裂け　白い粉が飛び散る

苦痛の母が私をこねる時間が近づく

*

身体をリズムに縛られてゆく女が
わんわん吠える影を引きずる女が

死が毎日　求婚しに来た外国の王子たちのように
知らない言葉を話すという女が

王子と愛をささやくにも通訳がいるのかと
薄笑いする女が

*

姫の頭の中で国民が笑った
笑う人を引きずり込めと命令を下しても無駄だった
それはもう死んだ人たちの笑い声
聴衆の笑い声みたいに

ずっと以前に録音したものだった
姫を笑わせろという命令が下されたけれど
誰も訪ねてこなかった

*

桃洗面器
桃スリッパ
思春期の少女みたいに産毛の生える洗面台
桃石鹸
桃歯磨き

傍らで病んでいる人の息の匂い
桃の匂い
曲げた膝の匂い

麻酔で眠る前　エデンの桃の園で
桃注射器
ー1　ー2　ー3　ー4　地下に降りてゆくほどに　安っぽい桃の匂い
幼い看護助手がカミソリで桃の毛を剃りに来る

*

王子は苦悩し　姫は苦痛する
王子は哀悼し　姫は苦痛する
王子は精神し　姫は神経する
王子は演説し　姫は悲鳴する
王子の苦悩は姫　姫の苦痛は名前がない
王子はメロディーし　姫はリズムする
王子は内容し　姫は拍子する

お父さん！　私ではないの　彼が私を選んだのです
お父さん！　私が食べれば苦痛も食べます

楽浪の姫[※]がポケットに入れた自分の顔をぎゅっと握る

*

殴るほうは沈黙スクラム
殴られるほうは叫びスクラム
殴るほうは水鉄砲　棍棒　盾
殴られるほうはただただ叫び
殴るほうはハムラビ的正義
動いたらとにかく殴れ
もちろん動かなくても殴れ

この人たちどうしてよりによって私の中でくっつくのかな

空が恐怖に震え
街路樹は痛い痛いと言うけれど
私の顔から旗が突き出てくる

誰が一番痛いだろう

鞭打たれた広場がぶるぶる震える

＊

母が痛ければ私の幼年時代はすべて痛い

私が痛ければ一度も行ったことのない日々がすべて痛い

私は苦痛の惑星の言語を習ったことがないが
その惑星の木の葉たちがしきりに話しかけてくる
その惑星の新生児たちがしきりに話しかけてくる
苦痛の聖母よ！　執拗な聖母よ！　聖母の歯よ！

＊

夜の海に一頭の鯨が漂う
独り泣き笑いしながら遠ざかる
もっと暗い闇の中へと

私の黒い瞳に一頭の鯨が漂う
その鯨が私を引っ張ってゆく
私からもっと遠い所へと

*

いろんな薬を処方してもらいます
この薬が効けばこの病気　あの薬が効けばあの病気です
病名には医者の名前をつけるそうです
患者の名前をつけたことは一度もないそうです
一度生まれて患者と一緒に死んだ病気には名前がありません

経絡が言いました　これは病気ではなくからまったヒモだ　伸ばさないといけないと
ママが言いました　これは病気ではなく私の妹なの　でもママって一人っ子でしょ

*

ママ　点滴が落ちて
水滴一つに何億もの顔がうようよあって
その顔が私の顔の中に入って

みんな声を上げて泣くの
大便のついたおむつを着けて　ママ　ママと泣くの
みんな生まれたいと
名前もないのに　みんな顔が痛いと

*

砂利を敷いた歩道
私は運転している
車両進入禁止　標識を見たのに　ふらふら通り過ぎる
亡くなった詩人を見る
詩人に会って　そこが外国だと気づく

滑らかな高速道路
私は運転している
この先行き止まり　標識を見たのに　上機嫌で走る

亡くなった詩人を見る
詩人を見て　私はそこが詩人の中だと気づく

*

縄跳びの縄が地面に触れる時　タ！という音がする　縄が痛い　痛みが満開だ　縄はすぐに空中へ向かう　今だ　生き返ろう　しかし再び　タ！　縄が地面を打ち　痛みが走る　再び苦痛死よりひどい　無よりひどい　それでも縄はまた上昇する　その瞬間　空が大きくなり　寂滅宝宮※が聳え立つ　しかし再び　タ！　鞭打たれる　両手が縄で縛られているのも知らず　その手を離せ！　私が叫ぶ　しかし私は再び　タ！　苦痛が押し寄せる　サーカス団のこびとが鞭を持って遊ぶ

*

病んだ人形を夕焼けの前に立てておいたよ
取り出してあげる　取り出してあげる

身体の病気が死ねば
人形も死ぬ
太陽が泣きながら沈んでいった

病んだ人形を水の上に立てておいたよ
眠らせておくれ　眠らせておくれ
一日に一度　あなたの顔が見られるなら
それだけで生きていける
でも今は
眠らせておくれ　眠らせておくれ
あの湖に映った
山寺の灯より深く
痛みが覚めないよう　深く

何かの拍子に身体の中に入って出口を見失ったカラスが
跳ねる跳ねる跳ねる

下顎と上顎が閉じられて開くたび鞭打たれる音がする
うす赤い湖が唇を突き出す
始める始める泣き始める

もし人形が死ぬなら白い布をかぶせてあげるよ
人形がスタンガンを押し当てられたみたいに泣き始める

＊

自分が犬であることを知らない犬が頭に家を建てた　犬が吠えれば私は痛い　痛いと恥ずかしい　私はスプーンに嘘　ご飯茶碗に嘘　髪に嘘をつく　犬が眠っていると　いい子だ　ねんねしな　泣きながらなだめる　ひれ伏して頼む　横になって怒る　犬よ　痛いんだね　おべっかを使う　麻酔の注射をされると犬は眠る　そのうちそっと目を覚ます　目を覚ます理由はいろいろだ　風が吹く　首をかしげる　下手な文章が気になる　顔色を窺う　私は今や　一匹の犬の顔色ばかり窺っている　眠っていても犬が目を覚ますのが恐くて首を回すこともできない　犬は殴るのが癖になっている男だ　理由がない　あったとすればすべて嘘だ　犬を頭の右側に

抱えて病院に行く　頭で犬が吠えてます　病院巡礼の旅に出る　こびとの家は犬一匹入ればいっぱいになる

＊

頭は一つで身体が二つある人が訪ねてきた
一晩泊まっていってもよろしいでしょうか？
花は一輪なのに幹が二本ある花の木が訪ねてきた
一晩咲いていってもよろしいでしょうか？
両方から引っ張られて私は悲鳴を上げる
空中に浮いた私の球根が割れようとしている

＊

卵が割れるごとに異形のカラスが出てくる
あまりに悲惨で言葉では表せない
くちばしが肛門にくっついた奴もいる

ウサギが子供たちを連れて食べ物を探しに来る
くわえてきたり　ずるずる引きずってきたり
あまりに悲惨で言葉では表わせない
耳が三つの奴もいる

窓に頭のない女が六人しがみつき
私は自分の身体を脱ごうとしている

＊

その日が来れば
胆嚢と脾臓　心臓と胃が再び和解する
肉体農場の暗い木にしがみついた繊細な秘密たちが薄荷の香りを一斉に漂わせる

その日が来れば
胆嚢と脾臓　心臓と胃がブロンズ像の中で千年ほど眠りにつき
唐突に日差しをいっぱい含んだ茶畑に投げ出され
緑色のめまいに振り回されるように
ぐるぐる回る

飛行機で遠くに行き終日さまよって　翌日早朝飛行機で戻り　宝物のように抱えていたその日
が

煙草をひと箱買い　酒一本リュックに入れて朝まで遠くの路地をさまよったあげく　再び飛行
　機に乗りにゆきながら　しっかり荷造りしたその日が

飛行機みたいに振動する風呂敷で包んだ
その日が

その日がそんなふうに二人部屋に入ってくると
その日が明けると
胆嚢と脾臓　心臓と胃が再び外国のどこかの路地の肉屋に吊るされたみたいに
飛行機の正面に立ち昇るかげろうに包まれ
清潔な病床二つが離陸するように

その日が来れば
苦痛の檻の外に離陸していた　その日が来れば
あなたの遠くと私の遠くを束ねた　その日が来れば

＊

音を丸めて作ったボールが
あちこちの壁にぶつかる
ボールがからから笑う　よろめく　ひらりと飛ぶ
黒い鼠が影のようにボールを追っているけれど
運動場は静かだ
道路が進むのを止め
運動場を覗き込む

私は今　壁と言ったのか
壁が　うん　うん　と答える
世の中すべてに壁がくっついている

食堂の裏に出したゴミ袋の中で　何かがまだ息をしている

*

こんなに痛いのに　すぐには死なないから心配するなと言う

結末は一つ
私が苦痛を殺せないのだから
私が私を殺さなければ

地上に　水中に　家を建てたすべての生物が死に
私の頭の中に住むそいつだけが生き残ったというニュースが伝えられる
そいつが送ってきたニュースだからだ

頭が太鼓のように鳴り響くと
頭の中で大きな犬が一匹　突然目を開ける

*

黒い水の中で水中カメラが光る
しかし何も写せない
フラッシュは一センチも届かない

エレベーターが果てしなく落下する
何日も　何月も落下する
北極を過ぎ南極を過ぎるまで

朝が鏡の中に閉じ込められている
私はまだ真夜中に閉じ込められている
終日じっと対峙
千年前の城市で犬が吠え
稲妻が走る

*

告解部屋に入った
神父の名を呼ばなければ最後の告解ができないそうだ
名前が思い出せない
黒い神父の名を私は知らない
ペテロ　アンデレ　ヤコブ　マタイ　トマス　アルパヨの子ヤコブ　ヨハネ　フィリポ　バル
　トロマイ　タダイ　熱心党のシモン　イスカリオテのユダ
私は十二使徒の名を呼ぶ
次に教皇の名を呼んでみる
ヨハネ　パウロ　フランシスコ一世よ　二世よ　三世よ　四世よ
千世よ　一万世よ　しかしあの黒い神父の名ではない

暗黒のトンネルだ
女の神話でのように　女は遠ざかってゆく
女はまず最初に地獄へゆく

あの神父の名を呼ばなければ
そうすれば私は告解ができる
自分の罪を見つけられる

*

悲鳴　雨が土砂降り
部屋が洗濯機のように回る
昨日に行ってはこの部屋に戻ることを何百回も繰り返す
耳でブンブン音がする　また感電だ
意識ははっきりしているのに身体は濡れた服みたいでした
医者はこんな表現を最も嫌う　読者も同じ
窓をとんとんたたく音
壁に挿した電灯から振動が押し寄せる
私はちらちら振り返る
誰かが　私が零落するのを　そして死ぬのを待っている

私はそれが誰だか知っている
私が洗濯機の中でいろんな人の声を出す
空中に浮かんだ私の胸と
身もだえしながら横たわっている私の胸の間に
細い銀の糸が今にも切れそうになって揺れている

＊

リズムが姫を空中に乗せた瞬間
メロディーが死ぬ
永遠に進行中のリズム　ビート　落雷
稲妻が走るたび　大天使の翼が顕現する
原子力発電所が死なない限り
姫の両足は空中から落ちない

＊

霊魂が引き寄せられる感覚
病んでいる時　霊魂はどこに隠れているのだろう
心臓が殴られている感覚
休まない海が一握りの塊にされたからだろうか
こんなに痛いのに心臓は弾む
赤い蜘蛛みたいに赤い糸を吐きながら弾む
洗面器いっぱいに赤い糸が水に浸かる
インスタントラーメンしか食べられなかった少女マラソン走者のように走る

病院のパジャマを着て窓にぶら下がった禿頭の少女の霊魂が会いに来たのか
花瓶の薔薇が私の瞳に血を垂らせば
ラジオから歌が流れ　私の目を包帯で巻いてくれる

世のすべての人の霊魂は一つに繋がれているのだろうかとしばらく考える

＊

細い月が出て　ショベルカーが一台　頭の中の広野に入ってくる
私は悲鳴をスプーンですくって盲目の運転士に食べさせてあげる
牡蠣殻の中にうずくまった黒い私を掻き出そうと
スプーンが舌の裏をほじくり返す
内臓が蛇みたいに黒い喉から上がってくる

＊

苦痛では作れない
まき散らされるあの花を
苦痛では飛ばせない

まき散らされるあの鳥を
苦痛では作れない
繰り返しまき散らされるあの砂
砂の上の砂の上の砂

*

私がリズムに寄生しているのだろうか
リズムが私に寄生しているのだろうか
リズムは存在の方式ではなく欠乏の方式で進む
私は私の精神を丸裸にするこの拍子が嫌いだ
私は私の霊魂を剥いでゆくこの音楽が嫌いだ
私は鏡でできたこの波が嫌いだ

鏡を見れば犬が見えるような気がして　私は眼を閉じたまま行く

*

月に住んでいた犬を抱いて汽車に乗る
乗客はまるでデジタルコミックの中みたいに不思議なほど静かで
汽車は発射された宇宙船のようにひどく明るい
私は犬の白い毛をなでる
どうやって月を出てこられたの
少しすると私の全身の毛が逆立ち
私は四つ足で立って一人の女をなめている

*

呼吸する太鼓だ
太鼓がコートを着て震えている

太鼓が靴を履いて震えている
——できるだけ早く
——ひどく興奮しているみたいに
——日暮れて倒れるように

そのうえ一秒に一度ずつ一日が終わる

——再び速く
——唐突なピアニシモ
——少しずつ呼吸が苦しくなってゆく中
誰かが私を見れば愛に飢えていると思うだろう
一秒に一度ずつ私を乗せた飛行機があなたに向かって離陸するみたいに

小さな苦痛から一つの呼吸が発芽し

波動が起き　家のように大きな呼吸が揺らぎ
全世界が厚いコートを着込み靴を履いて震えている
お父さんもう私を放して

この宇宙ぐらい大きな霊魂が私の身体を離れようとしています

*

エンジンをかけて離陸しながら捨てて下さい
プロペラが空を細かく刻む時　捨てて下さい
私の骸骨の奥深くまでプロペラの手が及んだら私を捨てて下さい
怒り狂った川の水が唇で波打つ時　捨てて下さい
まぶたの外に犬歯が生えるみたいに山の峰が聳えたら捨てて下さい
あの滑走路近くで冬も生きているあの汚い草の苦痛が
あのハゲタカの臭う翼が開くたび骨が一本ずつ折れる苦痛が

暗闇でのみ目が開くフクロウの苦痛が
エベレストのように真っ直ぐで致命的な苦痛が
一日に一度身体を回転させる地球の苦痛が
操縦席に押し寄せたら捨てて下さい
苦痛の袋をいくつもぶら下げた山脈が
夜の飛行機の下に伏せていたら捨てて下さい
遠くに　遠くに　私を捨てて下さい

苦痛の足元でこびとが泣く

決然と

【楽浪の姫】『三国史記』の説話に登場する人物。高句麗の王子・好童(ホドン)は楽浪の王・崔理(チェリ)の娘である姫を妻に迎えることになった。楽浪には敵が攻めてくると自然に音を出して知らせる太鼓と角笛があったが、好童は楽浪の姫に太鼓と角笛を壊すよう命じ、姫はそれに従った。やがて高句麗は楽浪国を攻撃した。高句麗の侵攻に気づけず軍備を整えられなかった崔理は、太鼓と角笛を破壊した姫を殺し、降伏した。

【寂滅宝宮】新羅時代に立てられた、仏舎利を安置するための法堂。仏像は置かない。

『死の自叙伝』あとがき

　まだ死んでいないなんて恥ずかしくないのかと、毎年毎月、墓地や市場から声が湧きあがる国、無念な死がこれほど多い国で書く詩は、先に死んだ人たちの声になるしかないではないか。この詩を書いている時、ひどく体調を崩していた。死が目の前に、後頭部に、頭の中にあった。リンボで暮らしているみたいに、苦痛の中で一日一日が過ぎた。真夏の太陽が照りつける地球で夏しか生きられない昆虫のように苦痛だった。苦痛ほど孤独なものがあるだろうか。死ほど孤独なものがあるだろうか。あの木は私を知らない。あの石は私を知らない。あなたも私を知らない。私も私を知らない。私は、死ぬ前に死にたかった。

　目覚めていても身体が死の世界を漂うのが感じられた。電車でめまいを起こしてホームで倒れたことがある。その時、ふと浮かび上がって自分を見下ろした。あの女は誰だ。哀れな女。孤独な女。その経験があってから、死の次に訪れる時間をおろおろと記した。時間の中ですすり泣くリズムたちを書き写した。死んだ後の時間では、誰も名前がなかった。七七、四十九と無心にそらんじるように、九九をそらんじてしまえば何も残らないように、この詩を書き終えた後には何も残らないことを願った。サバティカル（長期有給休暇）の間にこの詩篇の大部分を書いた。望まない結婚を避けるため死を選んだ昔の女たちのように、死を避けるため先に死んだのではないかという気がした。現実の死が、詩の中の死によって打撃を受けることを願った。もう死を記したから、再び死など書きたくない。そう考えることにした。

この四十九篇の詩を、一篇の詩として読んでいただければ幸いだ。

金恵順

死の自叙伝　訳者解説

金恵順（キムヘスン）『死の自叙伝（原題：죽음의 자서전）』は二〇一六年に文学実験室から刊行された小型の詩集だ。アメリカでは『死の自叙伝』所収の詩四十九篇に、内容的な連続性を持つ長詩「リズムの顔」を加えたものがドンミ・チョイの翻訳で二〇一八年に出版され、翌年、〈詩壇のノーベル文学賞〉と言われるカナダのグリフィン詩賞（The Griffin Poetry Prize）を、アジア人女性の詩集として初めて受賞した。この日本語版も、四十九篇の詩に加えて「リズムの顔」（底本は『翼の幻想痛』、文学と知性社、二〇一九）を収録している。

死者の魂が四十九日間、中陰または中有と呼ばれる所をさまようという話は韓国でもよく知られている。朝鮮では高麗時代まで仏教が栄え、朝鮮王朝になると仏教は抑圧されて儒教中心の社会となったものの、現代の韓国でも、四十九日で忌開けにする家は少なくない。儒教式では服喪期間が長く（最長三年間）、一周忌や三周忌も盛大に行うので負担が大きいためらしい。〈四十九斎〉を儒教の祭祀だと錯覚している人もいるという。『チベット死者の書』として知られるチベット仏教の経典は、人が死んでから次に生まれ変わるまでの四十九日間を描写し、死者に正しい行き先を示す。そして、この『死の自叙伝』でも、死者の霊魂が生と死の狭間を四十九日間彷徨する。詩人は二〇一五年に地下鉄の駅で卒倒した際に、インスピレーションを得てこの詩篇を書いたそうだ。

　作品の背後にはさまざまな事件や事象が潜んでいると思われるが、グリフィン詩賞の受賞スピーチで「国家の助けを得られずに死んでいった多くの哀れな霊魂にこの栄光を捧げる」と述べていることからすれば、最も大きな影響があったのは、二〇一四年四月十六日に発生したセウォル号事件だろう。仁川港を出て済州島に向かっていた大型旅客船が全羅南道観梅島沖で沈没した事件だ。暗礁にぶつかったわけでも、海が荒れていたわけでもない。無理な増築、過積載、貨物がちゃんと固定されていなかったこと、安全対策や点検が不十分だったこと、事故発生後の船長や乗組員、海洋警察庁の対応のまずさなどが重なって、普通に準備していれば起こるはずのない事故が起こり、通常の手順で救助作業をすれば助けられたはずの命が多数失われた。乗客の中には、修学旅行に行く京畿道安山市の檀園高校二年生三百二十五人と教員十四人が含まれており、そのうち生徒二百五十人、教員十一人が死亡または行方不明になった。韓国の全国民がこのとんでもない事件によってひどいショックを受け、詩人や小説家たちは〈セウォル号以後〉に何かを書くことができるのだろうかと懐疑に陥った。金恵順が勤務するソウル芸術大学はこの安山市にある。電車が駅に近づくと、合同焼香場行きのバスに乗る人はここで降りて下さいというアナウンスが流れ、毎日葬式に行く気分で通った。安山市民は一年間黒い服を着たが、金恵順も明るい色の服は着る気になれなかった。詩も書けなくなり、コラムの連載も中断した。「同名異人」「あの島に行きたい」などは、セウォル号の修学旅行生やその遺族の心情に寄り添った作品だ。

「まだ死んでいないなんて恥ずかしくないのか」(「『死の自叙伝』あとがき」)と詩人に詰め寄るもう一つの国家的な惨事は、彼女が詩壇に出て間もない一九八〇年五月に起こった光州(クァンジュ)事件だ。「剖検」では全斗煥(チョンドゥファン)の軍事独裁に反対するデモに参加して殺された若者の遺族の言葉が、詩の中に織り込まれている。

権力の怠慢あるいは暴力によってもたらされた死だけではなく、MERSなど国全体を恐怖に陥れた疫病も作品の背後にあるかもしれない。さらに、自らが駅で倒れたり、頭痛に苦しんだり、病気と闘う両親を見守ったりした個人的な体験も、死を強く意識させたはずだ。だが、発生の源をはっきりと指摘できる作品はむしろ少なく、全体としては、理不尽にもたらされたすべての無念な死を歌っていると言っていいだろう。いわば、この詩集全体を貫く大きな物語の主人公は特定の個人ではない、集合体としての死であり、だからこそ『死の自叙伝』なのだ。

金恵順は一九五五年慶尚南道蔚珍(キョンサンナムドウルチン)に生まれ、江原道原州(カンウォンドウォンジュ)で少女時代を過ごした。十代で病を得て海に近い町にある母の実家で療養している時に、祖父が経営する書店の本を大量に読み、詩を書き始めた。大学三年生で東亜日報(トンアイルボ)新春文芸に評論が当選し、卒業後の一九七九年には季刊誌『文学と知性』で詩人として出発している。その後も出版社で働きながら大学院に通い、詩人金洙暎(キムスヨン)に関する論文を提出して博士の学位を得た。最初の詩集『また別の星で』以来、これまでに『カレンダー工場の工場長さん、見て下さい』『悲しみ歯磨き　鏡クリーム』『花咲け！豚』『翼の幻想痛』など十三冊の詩集を刊行し、金洙暎文学賞、素月(ソウォル)詩文学賞、未堂(ミダン)文学賞、大山(テサン)文学賞など、韓国で詩人に与えられる大きな賞はほとんど受賞した。四十年の詩歴を持つベテラン詩人である一方、ソウル芸術大学文芸創作科教授も務める金恵順は一九八〇年代に注目されたフェミニズム詩人の代表走者だが、近年の#MeToo運動をきっかけに再びフェミニズムに対する関心が高まる中、いっそう脚光を浴びている。

　日本との関わりで言うと、二〇一五年に谷川俊太郎、四元康祐、明迪(ミンディ)と共にインターネットを通して〈日中韓三か国語連詩〉という試みに参加し、その後に来日して三角みづ紀との対談も行った。それぞれの内容は『現代詩手帖』二〇一五年九月号と二〇一六年五月号に掲載されており、同誌二〇一五年十月号には連作「豚だから大丈夫！」から三篇の詩が紹介されている。

金恵順は詩論集『女性、詩する』（二〇一七、文学と知性社）の中で、姜恩喬（カンウンギョ）、高静熙（コジョンヒ）、金勝熙（キムスンヒ）、金正蘭（キムジョンナン）、崔勝子（チェスンジャ）という同年代の女性詩人たちの作品を論じながら、男性評論家が女性詩人の詩に対して安易な評価を下す風潮を、次のように告発している。

ファンタジーはちょっと減らして適当に母性愛で上塗りし、自己省察的にまとめる女性詩を書いてこそ、男根主義者たちが安心して女性性であると認めることができるのではないか。しかしそんな詩は、まるで変質した善行のように、ひどい悪臭がする。そうならないためには最初から自分の性的欲望を膨らましたりトラウマを誇張したりするのが良い。それでこそ、慰みものとしての詩としてではあれ、ちゃんとした待遇を受けられる。女性的アイデンティティーは学習によって習得される。女性の詩に対して「この女性詩人の視点は教わったものではない、ナマのものです」などと評する評論家がいるが、そんな評価は、彼女がそう言えるようになるまでどれほどたくさん学び、気づくための時間があったかを見過ごしているのだ。発声方法の違いに論及しもしないで、女性詩人が生理的なナマの声を持っているだなんて、なんとお気楽な指摘であることか。

（「女性、詩する」）

金恵順は、女性詩人の詩から従来の方法で意味を客観的に読み取るのは容易ではないと主張する。詩を書くための言語そのものが男性に支配されてきたからだ。女性詩人はその支配から脱するために自らの身体が発する言葉に耳を傾け、死のイメージを呼び起こして幽霊の声で語る。話者と他者は多くの場合、明確に区別されない。『死の自叙伝』においても、あなたと私の境界が曖昧であることに、読者はすぐ気づくだろう。あなたは私であり私はあなただ。私たち、あるいはあなたたちかもしれない。時には彼女、時には人形、時にはよくわからない〈それ〉。人称を区別することに、もはや意味がない。生と死の境界も曖昧で、今生きているこの場所が、同時にあの世でもある。

女性を抑圧する家父長的なものに対する批判的な視線は随所に顔をのぞかせているが、儒教的文化だけでなく、祈りを天にまします「父」に捧げ（「カッコウの巣に舞い降りたカラス」）、その祈りを「息子の名で」（「否定（アニム）」）終えるキリスト教文化の中にも父性中心的な考え方が潜んでいるのを詩人は見逃さない。そして、ヘブライ語の四つの子音字（アルファベットではＹＨＷＨと表記される）でのみ記される神の名に、母音を対峙させる。金恵順はドンミ・チョイとの対話の中で「ア・エ・イ・オ・ウ」という詩に関して、「母音は身体じゅうの穴と結びついています。女性の身体、死の身体は限りなく変化し生成しながら他の身体と交流し（…）混じり合いたがります。（…）身体が名を失い、公民権を剥奪されて追放されたところに死の言語、女性の言語が誕生するのです」と語っている。

『死の自叙伝』には、金恵順の持ち味である奇抜なイメージ、スピード感、時にグロテスクですらある力強さが存分に発揮されている。この詩集を読んで、浮遊するたくさんの魂とともに冥界への旅を味わっていただきたい。

二〇二〇年十一月十五日

吉川凪

金恵順〔キム・ヘスン〕

1955年慶尚南道(キョンサンナムド)蔚珍(ウルチン)生まれ。
詩人、評論家、ソウル芸術大学文芸創作科教授。文学博士。
大学在学中に東亜日報新春文芸に評論が当選し、
卒業後の1979年に季刊誌『文学と知性』で詩人として出発して以来、
現在に至るまで韓国フェミニズム詩人の代表走者として活躍してきた。
これまでに『また別の星で』『カレンダー工場の工場長さん、見て下さい』
『悲しみ歯磨き　鏡クリーム』『花咲け！豚』『翼の幻想痛』など
十数冊の詩集のほか、詩論集を刊行している。
金洙暎文学賞、素月(ソウォル)詩文学賞、未堂(ミダン)文学賞、
大山(テサン)文学賞を受賞し、『死の自叙伝』英語版によって
2019年グリフィン詩賞(The Griffin Poetry Prize)を受賞した。

吉川凪〔よしかわ　なぎ〕

仁荷大学国文科大学院で韓国近代文学専攻。文学博士。
著書に『朝鮮最初のモダニスト鄭芝溶(チョンジヨン)』、
『京城のダダ、東京のダダ――高漢容(コハニョン)と仲間たち』、
訳書として『申庚林(シンギョンニム)詩選集 ラクダに乗って』、
呉圭原(オギュウォン)詩選集『私の頭の中まで入ってきた泥棒』、
チョン・ソヨン『となりのヨンヒさん』、朴景利(パクキョンニ)『完全版　土地』、
崔仁勳(チェイヌン)『広場』、李清俊(イチョンジュン)『うわさの壁』などがある。
キム・ヨンハ『殺人者の記憶法』で第四回日本翻訳大賞受賞。

死の自叙伝

新しい韓国の文学21

2021年1月25日　初版第1刷発行

〔著者〕金恵順（キム・ヘスン）

〔訳者〕吉川凪

〔ブックデザイン〕文平銀座＋鈴木千佳子

〔カバーイラストレーション〕鈴木千佳子

〔DTP〕アロン デザイン

〔印刷〕藤原印刷株式会社

〔発行人〕

永田金司　金承福

〔発行所〕

株式会社クオン

〒101-0051

東京都千代田区神田神保町1-7-3 三光堂ビル3階

電話　03-5244-5426

FAX　03-5244-5428

URL　http://www.cuon.jp/

ISBN 978-4-910214-21-4 C0098